# Agradecimientos

Muchos niños, padres y maestros han ayudado a hacer este libro. Quiero darles las gracias, en especial, a los niños que aparecen en el libro: Sarah Badillo, Emiliano Bourgois, Sophie Corley, Cory Cunningham, Stephen Cunningham, Cynthia Delgado, Jewel Halliday, Richard Hempel, Carlos León, Gina McNally, David Robards, Jazmín Ruiz, Lionel Toler, Amanda Vernuccio, y Jennine Wallace.

Muchas gracias también a *The Association for the Help of Retarded Children, Bank Street Family Center, The Children's Aid Society, The Lighthouse Child Development Center, The Lighthouse, Inc., New York City Public School 199, The New York League for Early Learning, The Rusk Institute of Rehabilitation Medicine Preschool and Infant Developmental Programs,* y a Ira Blank, Kirstin DeBear, Carmel y Carmel Ann Favale, Heidi Fox, Susan Scheer, Sybil Peyton y Jodi Schiffman.

Spanish text Copyright © 1997 Star Bright Books.
Original English text and photographs Copyright © 1992 Laura Dwight.

Designed by Allen Richardson

Published by Star Bright Books
New York

Hardback ISBN: 1-887734-37-6  Paperback ISBN: 1-59572-034-0
Library of Congress Catalog Card Number 97-69608  Printed in China. 0 9 8 7 6 5 4 3 2

Por Laura Dwight

# ¡Nosotros sí podemos hacerlo!

Traducido por María A. Fiol

STAR BRIGHT BOOKS

NEW YORK

10 16

Me llamo Gina.
Tengo cinco años.
Tengo espina bífida,
y yo puedo hacer muchas cosas.

Me gusta jugar con
mi casa de muñecas.

Yo puedo montar mi bicicleta.

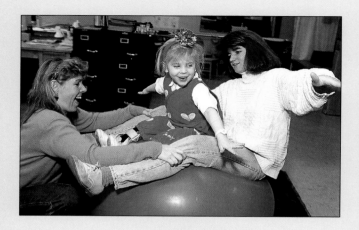

Los niños quieren saber ▶
cómo funciona mi silla
de ruedas.

▲ En la escuela me divierto con las maestras
y mis amigos. ▼

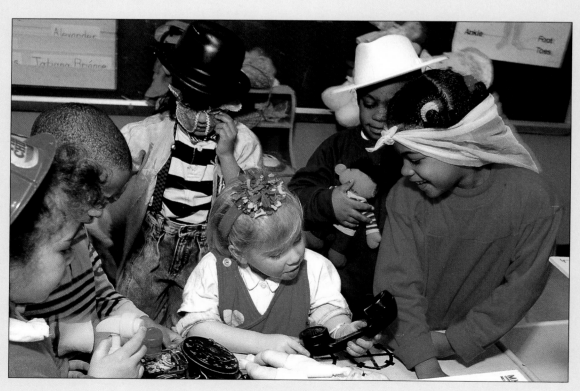

▲ Yo empujo mi silla de ruedas
hasta la playa porque me
gusta jugar en la arena.▶

¡Me encanta el agua!▶

Me llamo David.
Tengo cinco años.
Tengo el síndrome de Down,
y yo puedo hacer muchas cosas.

Cuando mi amigo Richard viene,
jugamos con la computadora.

A veces juego yo solo.

 ◀ Yo me visto solo y me amarro los zapatos.

▼ También ayudo a poner la mesa.

◀ Yo le leo a mi hermanito
y le enseño muchas cosas.

Mi mamá y yo jugamos.     ▶
¡Yo siempre gano!

◀ Me llamo Jewel.
Tengo cuatro años.
Tengo parálisis cerebral,
y yo puedo hacer
muchas cosas.

▲ Yo riego las plantas
en el invernadero.

◀ Me pongo los lentes nuevos
para mirar los libros.

◀ El año pasado me hicieron
una operación que me ayudó
a caminar.

Mi fisioterapeuta ▶
me enseñó a usar
un andador.

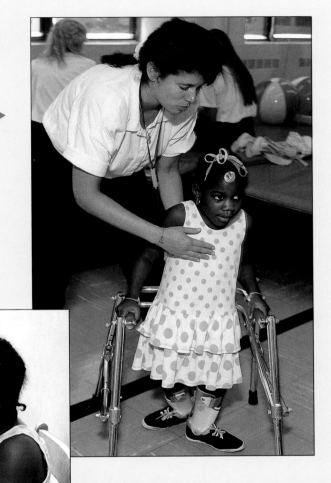

◀ Yo me divierto mucho
con mi logopeda.

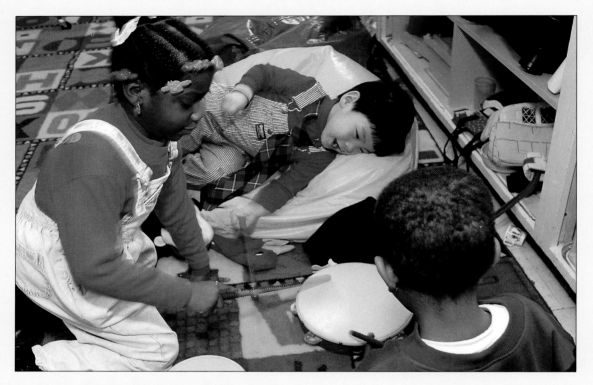

▲ En la escuela toco música
y construyo cosas
con mis amigos. ▶

¡Cynthia y yo jugamos con los títeres! ▶

Me llamo Emiliano,
pero mis amigos me llaman Nano.
Tengo tres años.
Tengo parálisis cerebral,
y yo puedo hacer muchas cosas.

Cuando hace mucho calor,
me gusta correr debajo del agua
que sale del surtidor.

▲ Yo juego con mi gato.

◄ Me gusta tener
peleas de almohadas
con mamá y papá.

Cuando visito a Susan,
mi terapeuta, practicamos juegos
que me ayudan a ponerme fuerte
y a pararme solo.

¡Yo soy el campeón! ▶

Me llamo Sarah.
Tengo cuatro años.
Soy ciega,
y yo puedo hacer muchas cosas.

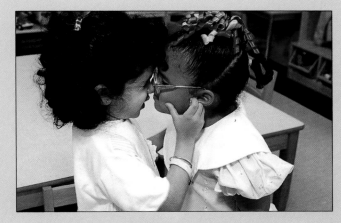

▲Ésta es mi amiga Jazmín.

▲En la escuela tocamos instrumentos musicales y cantamos.

Ésta es mi silla.
Tiene mi nombre
escrito en Braille.
Las campanas me
ayudan a encontrarla.
Yo también llevo
campanas en
mi mano derecha.

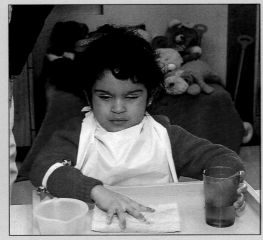 Paso los dedos
sobre la pared
para poder
guiarme y así
saber dónde
estoy.

▲ Me sirvo jugo . . .　　　y si se derrama, lo limpio.

◄Cuando mi mamá nos lee a mi hermana y a mí, me gusta seguir la lectura con los dedos.

Yo ayudo a mi papá a cocinar. ►
¡A mí me gusta hacer el postre!

# ¡Mira todo lo que podemos hacer!

◀ Cory y Amanda

▲ Carlos y Stephen

◀ Sophie

▲ Jazmín

◀ Jennine ▲

# Glosario

**Síndrome de Down:** El síndrome de Down ocurre cuando nace un bebé que tiene un cromosoma más de lo normal. Alguien que tiene el síndrome de Down generalmente es capaz de hacer prácticamente las mismas cosas que cualquier otra persona; lo que pasa es que las hace más despacio.

**Ceguera:** Una persona ciega no puede ver. También hay personas que pueden ver un poco, pero no tanto como la mayoría de la gente. Estas personas tienen una deficiencia de visión. Los ciegos y las personas con una visión deficiente utilizan otros sentidos, como el oído y el tacto, para hacer muchas cosas. Para que les sea más fácil moverse de un lugar a otro, algunos ciegos usan bastón y otros tienen un perro especialmente entrenado para ayudarles.

**Espina bífida:** Algunas veces cuando un bebé empieza a desarrollarse dentro de su mamá, la columna vertebral no se forma bien y se queda abierta. El resultado es que las piernas del bebé no se mueven bien. Una persona que tiene espina bífida puede valerse de aparatos ortopédicos, muletas y sillas de rueda para poder moverse.

**Parálisis cerebral:** La parálisis cerebral es una lesión del cerebro que puede ocurrir en el momento en que nace el bebé. Esto quiere decir que cuando el cerebro quiere transmitir un mensaje a los brazos o las piernas, puede haber confusiones. Algunas personas con parálisis cerebral utilizan aparatos ortopédicos o un andador para ayudarles a caminar. Otras, necesitan una silla de ruedas o un aparato motorizado para moverse. En algunos casos, estas personas pueden necesitar ayuda para poder comunicarse.

# Asociaciones de ayuda

## ESTADOS UNIDOS

American Foundation for the Blind
11 Pennsylvania Plaza, Suite 300
New York, NY 10001
800-AFB-BLIN   212-502-7600

Centro Nacional de Información para
Niños y Jóvenes con Incapacidades
P.O. Box 1492 Washington, D.C. 20013-1492
202 884-8200     800 695-0285

FUERZA, Inc.
Familias Unidas En Respuesta
al Síndrome de Down y Otras Alteraciones
P.O. Box 65144
Los Angeles, CA 90065
213 222-2241

National Down Syndrome Congress
1605 Chantilly Drive, Suite 250
Atlanta, GA 30030
800-232-6372   404-633-1555

National Down Syndrome Society
666 Broadway, Suite 810
New York, NY 10012
800-221-4602   212-460-9330

Spina Bifida Association of America
4590 MacArthur Blvd., Suite 250
Washington, DC 20007-4226
800-621-3141
Information line 202-944-3285 fax 202-944-3295
e-mail: spinabifida @ aol.com
web site: www.infohiway.com/spina bifida

United Cerebral Palsy Association
1660 L Street NW, Suite 700
Washington, DC 20036
800-872-5827
web site: http://www.ucpa.org

## PUERTO RICO

Asociación de Espina Bífida e Hidrocefalia
Calle Bori #1572 Urb. Antonsanti
Río Piedras, 00926
Puerto Rico

Fundación Puertorriqueña de Síndrome de Down
P.O. Box 1621
Dorado, PR 00646
809-796-2698

Sr. Juan Fernández
President-BOD
Calle Magda E-7
6ta Sección Levittown
Toa Baja, 00949
Puerto Rico

## MÉXICO

Asociación Mexicana de Síndrome de Down, A.C.
Selva No. 4, Insurgentes Cuicuilco
Delegación Coyoacán
04530 México, D.F.